L'école, c'est pas si facile !

Lulu est une héroïne du magazine Astrapi
Création : Bernadette Després

18, rue Barbès - 92128 Montrouge Cedex
ISBN : 978-2-7470-2745-8
Dépôt légal : septembre 2009. Deuxième édition

Imprimé en Italie

Stéphanie Duval • Marylise Morel

C'est la vie Lulu ! Doc

L'école, c'est pas si facile !

bayard jeunesse

L'école, c'est pas si facile !

Sommaire

Bien écrire, c'est difficile !

Lulu a des soucis avec son écriture.
Comme elle forme mal certaines lettres,
elle a eu une mauvaise note en dictée…
Heureusement, Mamita a toujours
une bonne idée. Elle va aider sa petite-fille
en lui offrant un beau stylo !

Alors, les dictées.
Je suis contente, dans l'ensemble, vous avez plutôt bien travaillé.
Julien, c'est pas mal...
Émilie... Bastien, c'est bien...
Tu l'avais réussie, toi, cette dictée ?
Ouais, je crois...
Hein, que 5/10 ??? Mais je croyais que je n'avais fait que deux ou trois fautes !
Bah, tu feras mieux la prochaine fois.
Isabelle, il y a un problème, tu m'as compté trop de fautes.
Fais voir... Non, c'est bon. Une charrue, ça s'écrit avec deux "r", une île avec un accent circonflexe sur le "i", et là, il te manque un "s", là aussi, et là aussi.
Mais ils y sont les "s" !
Désolée, moi, je ne les vois pas. Ce n'est pas la première fois que ton écriture te crée des problèmes, Lulu ! Il faudrait vraiment que tu t'appliques plus.
À la sortie de l'école.
Qu'est-ce qui t'arrive, ma petite Lulu ? Tu n'as pas l'air contente...
C'est trop injuste ! J'ai eu 5 au lieu de 8 en dictée, parce que soi-disant j'ai mal écrit les "s"...
N'importe quoi !

C'est vrai que sur la carte que tu m'as envoyée pour mon anniversaire, il y a quelques mots que je n'ai pas pu lire. C'est dommage, quand même !
Mais qu'est-ce que vous avez tous, avec mon écriture ? Je fais ce que je peux, après tout !
Peut-être que tu veux aller trop vite pour écrire, tu pourrais essayer de prendre un peu plus ton temps.
Oui, mais ça m'énerve !
-20
Pourtant, tu seras fière, si tu y arrives. Et puis, il te faut un bon stylo. Si ça peut t'aider, je veux bien t'offrir un joli stylo...
-20%
D'accord.
-20%
Merci ! Il est super !
Avec ça, tu vas devenir la reine de l'écriture !
Madame, Madame !
Qu'est-ce qui se passe ?
Vous pourriez s'il vous plaît refaire votre chèque ? La somme n'est pas lisible du tout !
Tu veux que je te prête mon stylo ?

Fin

Et toi, ça t'est arrivé ?

J'en ai assez :
tout le monde me
dit que j'ai une écriture
en pattes de mouche.
Pourtant je ne suis pas
un animal !

Maxime, 10 ans

Avant j'écrivais tellement mal que ma maîtresse confondait toujours des lettres et me comptait des fautes là où il n'y en avait pas ! Depuis que mes parents m'ont inscrit dans un cours de dessin de bd, j'adore ça et en plus j'ai fait beaucoup de progrès en écriture !

Hugo, 9 ans

Moi, quand j'ai appris à écrire, je préférais de la main gauche mais mon maître et mes parents m'ont un peu forcée à écrire de l'autre main… Ils disaient que cela serait plus simple. Mais en fait, non, et aujourd'hui, ils le regrettent. Et je réessaie de la main gauche…

Romane, 9 ans et demi

Moi, je tenais mal mon stylo, je le mettais entre l'index et le majeur… Maintenant, je me corrige mais il faut que je m'habitue, ce n'est pas facile !

Maëva, 8 ans et demi

Je crois qu'il faut de l'entraînement pour bien écrire ! Au début, mon écriture n'était pas très belle et mes lettres énormes et mal formées. Mais plus le temps passe et plus j'écris de mieux en mieux.

Anaïs, 7 ans

Si tu es comme Lulu...

Et toi ? Comment écris-tu ?
Que dit-on de ton écriture ?

Écrire : un moyen de communication

C'est parler à quelqu'un qui n'est pas là, comme s'il était là. Alors si tu écris mal, cette personne ne peut pas te lire et donc ne peut pas te comprendre. Ça, c'est ennuyeux ! L'écriture fait partie de la vie de tous les jours.

Écrire : un lien dans le temps

Avec l'écriture, on peut se mettre en relation avec quelqu'un d'autre à travers le temps et l'espace, c'est magique ! L'écriture conserve des idées, des paroles prononcées il y a très longtemps, un peu comme une machine à remonter le temps. Elle permet aux hommes de communiquer à distance. Sans écriture, nous connaîtrions mal notre passé !

Écrire mal : ça veut dire quoi ?

Tu écris trop gros, trop serré, tes lettres sont mal faites, tu as du mal à écrire, tu n'es pas assez rapide, c'est difficile de te relire, tu manques de soin, ta page est mal organisée… Tous ces petits problèmes peuvent être embêtants.

L'ÉCRITURE : UNE VIEILLE DAME !

La plus vieille écriture connue a 5 300 ans. Elle est née en Mésopotamie, le pays entre deux fleuves, le Tigre et l'Euphrate, probablement pour compter les moutons. Les hiéroglyphes égyptiens ont 5 150 ans. Le premier alphabet est apparu il y a 3 300 ans, en Syrie.

Petits trucs pour bien écrire

La façon dont tu es placé(e) et l'instrument que tu utilises ont une grande importance.

Bien installé(e) !

Assis(e) à une table, les pieds à plat sur le sol, tu te tiens plutôt droit(e) sur ta chaise, devant une feuille légèrement inclinée. Trois de tes doigts touchent ton crayon : le pouce et l'index le tiennent comme une pince, tandis que le crayon repose sur le majeur. Ta main est posée sur la table et glisse au fur et à mesure que tu écris.

Avec le bon outil !

Écris-tu avec un stylo à bille, un feutre ou un stylo plume ? As-tu essayé avec un crayon à papier ? avec un pinceau ? Essaies-en plusieurs puis utilise celui qui te convient le mieux. Le stylo à bille est conseillé pour les débutants.

Droitier(ière), gaucher(ère) ?

Es-tu à l'aise pour écrire avec la main que tu utilises ? C'est la bonne question à te poser. Parfois, les gauchers écrivent avec la main droite parce qu'on les a obligés à le faire, on dit que ce sont des gauchers contrariés ! Si tu te trouves dans ce cas, il serait peut-être bon d'en parler avec ton professeur !

ET AUTREFOIS ?

Les premiers écrivains se servaient de roseaux dont ils taillaient le bout. Puis les trempaient dans la suie. Les Grecs puis les Romains se servaient de styles en os, en ivoire ou en bronze pour graver des lettres dans la cire. Les plumes d'oie étaient utilisées dès 500 avant Jésus-Christ. Les premiers stylos à encre datent de 1884, inventés par Lewis Waterman. Le stylo à bille, lui, a été inventé par un Hongrois, Ladislao Josef Biro, en 1938. Avant que le papier n'existe, les hommes écrivaient sur d'autres supports : argile mouillée, métal, pierre, bois, écorce, bambou, ossements, feuilles d'arbres, soie, débris de poterie, cire… Le premier matériau qui ressembla à du papier fut le papyrus, nom du roseau qui pousse près du Nil, en Égypte. Les Chinois, eux, ont fabriqué le papier en 105 mais ont gardé leur formule secrète jusqu'en 600… Ce papier était à base de bambou, écorces ou chiffons. Aujourd'hui, il est fabriqué à partir d'arbres comme l'épicéa ou le pin.

Se détendre pour mieux écrire

Tu arriveras à un meilleur résultat si tu es calme et serein(e) !

Relax !

Il est très important d'être détendu pour écrire : ton poignet et ton bras ne doivent pas être crispés, tendus ou raides. Commence par quelques exercices de relaxation. Respire calmement. Face à un tableau, lève ton bras à l'horizontale. Puis dessine des boucles.
C'est ton épaule qui doit faire bouger le crayon, ton poignet, pas trop. Petit à petit, décrispe celui-ci ! Puis exerce-toi, assis à une table, à faire des boucles et des graphismes comme le dessin à côté. Sens-tu les mouvements de ton corps ?
L'écriture révèle la façon dont tu gères tes émotions. Les canaliser permet de mieux écrire !

Drôles de lettres !

L'alphabet braille a été inventé en 1824 par le Français **Louis Braille**, lui-même aveugle à l'âge de 3 ans, pour permettre aux aveugles de lire. Il est formé de points en relief que le non-voyant parcourt du bout des doigts !

Petit tour des alphabets

Le plus grand alphabet est le **khmer**, au Cambodge, avec 74 lettres différentes. Le plus court est le **rotokas** des îles Salomon.

L'alphabet viking comporte 16 lettres ou runes.

L'alphabet **hindi** s'écrit de gauche à droite.

L'**arabe** de droite à gauche, il comporte 28 lettres, avec des accents marquant les voyelles.

En **hébreu**, ce sont des points et des apostrophes qui indiquent les voyelles.

Le **chinois** et le **japonais** s'écrivent en colonnes, de haut en bas et de droite à gauche. En Chine comme au Japon, chaque signe correspond à un mot. Le **chinois** comporte 50 000 signes ! Mais heureusement, un petit millier seulement est nécessaire pour la vie quotidienne.

Plus de conseils pour réussir

L'écriture, c'est difficile mais c'est très utile! Courage, tu vas y arriver!

Il faut s'entraîner!

S'appliquer, et prendre son temps, est très important. L'écriture se travaille: plus on écrit, mieux on écrit! Entraîne-toi: cartes postales, journal intime, carnet de voyage, poèmes, chansons… Laisse aller ton imagination! Et pourquoi ne pas faire des activités, chez toi ou en groupe, qui t'aideront à être plus à l'aise pour écrire: découper, bricoler, dessiner une bd, faire de la poterie, construire un cerf-volant…

Le reflet du caractère

Chaque écriture est unique. Il n'y en a pas deux identiques. Et puis, elle change aussi selon l'humeur, le lieu, le type de support : une liste de courses, une lettre d'amour, un document administratif, un devoir d'école ou un message envoyé à un copain ne seront pas écrits de la même façon. Bien que faits par la même main, ils auront un aspect différent. L'étude de l'écriture s'appelle la «graphologie».

Un art ancestral

Pour les Chinois, l'écriture est un art du pinceau et de la plume. La façon d'écrire, la qualité du signe tracé a autant d'importance que ce que l'on veut dire. C'est l'art de la calligraphie. Si tu as la chance d'avoir un cours de calligraphie près de chez toi, essaie !

Analphabètes

Partout dans le monde, des hommes et des femmes n'ont pas la chance d'apprendre à lire et à écrire. Et bien souvent, cela leur pose beaucoup de problèmes dans la vie de tous les jours…

Sans lettres !

Il existe encore des peuples qui n'ont pas d'écriture. Ce sont les Aborigènes d'Australie ou les Bochimans d'Afrique du Sud.
Ces chasseurs-cueilleurs n'ont pas besoin de l'écriture pour communiquer entre eux.

BONNE IDÉE !

Invente-toi une écriture.
Aujourd'hui encore, il existe des écritures mystérieuses, qui n'ont toujours pas été déchiffrées… Dans les années 1820, un Indien cherokee inventa un alphabet de 85 lettres pour transcrire la langue de son peuple.
Pourrais-tu toi aussi créer ta propre écriture ?

Les devoirs, quelle galère !

Après l'école, Lulu préfère jouer et regarder la télé plutôt que de faire ses devoirs.
Ce qui lui crée des problèmes à l'école, le lendemain !
Alors, avec son père, elle invente une nouvelle méthode pour apprendre ses leçons...

Lulu ne veut plus faire ses devoirs

Donc, tu ne les as pas faits. Alors, écoute, si tu as une mauvaise note, tant pis pour toi. Je ne peux pas être toujours derrière toi.
Oh là là ! J'ai hâte d'être adulte pour ne plus jamais avoir de devoirs !
On n'a peut-être pas de devoirs mais on a pas mal de trucs à faire : les courses, le repas...
Tiens, Lulu, toi qui rêvais d'être maîtresse... Elles en ont plein, elles, des devoirs à la maison !
LE LENDEMAIN.
Lulu est la quatrième à ne pas savoir sa poésie ! Je vous demande d'apprendre correctement vos leçons tous les soirs. Sinon, vous ne ferez aucun progrès !
Bon, Lucie, je te laisse une chance. Mais si demain, tu ne sais pas cette poésie, c'est zéro ! Compris ?
À LA SORTIE DE L'ÉCOLE.
Bon, ben, cette fois, je n'ai plus le choix. J'aurais mieux fait d'apprendre hier soir !
Tiens, j'ai un nouveau truc, moi : j'apprends sur l'air d'une chanson que j'aime bien. C'est rigolo et c'est plus facile !
LE SOIR.
Par un beau soir d'été, sous un ciel étoilé...
Sous un ciel étoilé !
C'est quoi ce karaoké ? Lulu, tes devoirs !
Mais je travaille, là ! D'ailleurs, tu peux demander à papa, il me fait réciter.
C'est une nouvelle méthode ! La poésie chantée !
POÉSIE

Fin

Et toi, ça t'est arrivé ?

Moi, depuis que j'ai des lunettes, ça va. Je travaille bien mieux. Et les devoirs, ça passe tout seul, surtout quand il y a de la lecture !

Ondine, 11 ans

Je déteste les devoirs… Après l'école, j'ai plus envie de jouer et de courir que de me mettre à ma table pour travailler. Mais c'est obligatoire ! Et puis si je ne sais pas mes leçons, le lendemain, j'ai une mauvaise note… alors, je les fais quand même… en râlant !

Tom, 9 ans

Moi, je préfère faire mes devoirs à la garderie avec Marie. Elle est très gentille et m'explique tout très doucement… Mais chez moi, c'est toujours des cris et des pleurs, surtout avec mon père !

Thomas, 8 ans

Les devoirs, c'est dur de s'y mettre mais après ça va. Je fais toujours un bon goûter avant d'ouvrir mon cartable, comme ça, je reprends des forces !

Ivan, 9 ans

C'est fatigant, les devoirs ! Après une journée d'école, je ne peux plus travailler. Avec ma mère, on a passé comme un contrat ensemble. J'ai le droit de jouer ou de lire un peu avant de les faire… et après, si je vais vite, j'ai le temps de regarder la télé, avant le dîner. Alors ça va mieux !

Paola, 10 ans

Si tu es comme Lulu...

Et toi ? Comment réagis-tu ? As-tu du mal à te mettre à tes devoirs ?

Encore un effort !

Le soir, après l'école, tu es souvent fatigué(e) de ta journée de travail. Et te mettre à tes devoirs, ça te barbe ! Tu as toujours quelque chose de mieux à faire : regarder la télé, jouer, feuilleter une revue, téléphoner à un copain... Alors la leçon à apprendre, la dictée à préparer ou les maths à réviser, ça passe en dernier ! Cela te demande un énorme effort, trop dur !

Pourquoi des devoirs ?

Il y a des tas de bonnes raisons de faire ses devoirs. Ils te permettent de digérer ce que tu as appris en classe, de faire le point, chaque jour, sur ce que tu sais ou pas. Ils te rendent responsable, car ils représentent un engagement à tenir vis-à-vis de ton maître et de la classe. Ils t'apprennent aussi à gérer ton temps. Enfin, ils sont un lien entre l'école et la maison.

Chacun sa routine

Mais attention, les devoirs ne doivent pas être considérés comme un fardeau ! Au contraire, il faut essayer de les transformer en une partie de plaisir. Le tout est de trouver ton rythme et d'aborder ce moment comme un petit rituel. Sais-tu que beaucoup d'écrivains et de dessinateurs, y compris de BD, ont chacun leurs petites habitudes avant de se mettre au travail ! Certains se préparent une bouillotte, d'autres taillent leurs crayons…

Un petit bonheur !

Une chose est sûre : il vaut mieux faire la moitié de tes devoirs en ayant bien tout compris que de les faire en entier à toute vitesse et ne rien retenir ! On peut aussi les faire en entier et à son rythme, non ? En fait, le plus dur, c'est de s'y mettre, ensuite, ça va tout seul. C'est souvent plus rapide que prévu. Et puis quand ils sont terminés, quelle satisfaction ! Enfin, le lendemain, tu es si fier (fière) de savoir tes leçons, poésies, tables… et de les réciter sans faute à la classe !

Petits trucs pour des devoirs sans histoires

Voici quelques idées pour s'y mettre plus facilement...

Au calme

Choisis un endroit où tu pourras faire tranquillement tes devoirs, avec un bon éclairage, un bon siège et au calme. Fais en sorte que la table sur laquelle tu vas travailler soit à peu près en ordre, c'est beaucoup plus agréable et motivant que de s'installer à un bureau en bazar... N'oublie pas d'avoir à portée de main dictionnaire, encyclopédie, atlas, fiches, cahier de brouillon, surligneur...

Au bon moment

À ton retour d'école et après un bon goûter qui te redonnera des forces, accorde-toi une demi-heure de jeux, de détente ou de repos, puis mets-toi au travail! Une enquête montre que si l'on travaille au même endroit, dans un cadre qui ne change pas tous les jours et à peu près à la même heure... on apprend mieux! À bon entendeur!

Super organisé(e)

Le week-end, prépare-toi une sorte d'emploi du temps pour organiser ta semaine de travail. Commence toujours par ce qui t'embête le plus ou ce qui te paraît le plus difficile. Apprends tes leçons avant de faire les exercices. Lis bien ce que l'on te demande. Tu peux écrire sur un petit papier chaque devoir que tu dois faire puis chiffonne-le dès que celui-ci est terminé : un vrai plaisir ! Tu peux aussi te faire une liste et barrer le travail fait !

QUELLE SORTE DE MÉMOIRE AS-TU ?

Si tu as une leçon à apprendre, pour la retenir…

Tu photographies les mots et retiens l'endroit de la page où ils sont écrits, alors **ta mémoire est plutôt visuelle.**

→ **Un truc :** Recopie les leçons que tu as à apprendre, surligne, fais des fiches.

Tu entends les mots et retiens la musique qu'ils font, alors **ta mémoire est plutôt auditive.**

→ **Un truc :** Enregistre tes leçons sur un magnétophone comme si tu étais un journaliste et réécoute tes informations.

Tu mimes les mots et te rappelles les gestes de ton maître ou de ta maîtresse, alors **ta mémoire est plutôt gestuelle.**

→ **Un truc :** Apprends ta leçon en marchant, fais comme si tu étais ton maître.

Et si vraiment c'est trop difficile

Il y a forcément une solution pour t'aider à te mettre au travail !

Une discussion avec tes parents

Tes parents sont sûrement inquiets de voir la difficulté que tu as à te mettre au travail. Cela les énerve aussi, sûrement ! Essaie d'engager la conversation à ce sujet avec eux. Explique-leur ce que tu ressens, cela les rassurera peut-être.
Ils t'aideront certainement à trouver une solution. Dialoguer fera probablement du bien à tous !

De la nouveauté

Essaie de changer tes habitudes de travail : lieu, horaire, personne qui t'aide… Demande à un copain studieux de venir chez toi de temps en temps pour faire ensemble vos devoirs… Si tu n'aimes pas rester seul(e) dans ta chambre, essaie d'y passer un peu plus de temps chaque jour pour t'habituer.

Une autre organisation

Expose tes difficultés à tes parents.
Et avec eux, mets sur pied une autre façon de travailler : rester à l'étude, prendre un étudiant pour t'épauler, demander à quelqu'un de ta famille de t'aider (grands-parents, cousin, oncle, tante...) ou bien à ton instituteur ou à ton institutrice.

Attention !

Demande à ton père et/ou à ta mère de vérifier que tu n'as pas de problèmes d'audition, de vue, de dyslexie, de latéralisation des mouvements...
Tous ces soucis se règlent avec un médecin, un orthophoniste ou un psychomotricien.

Petits trucs rigolos pour mieux apprendre

- **Transforme** une poésie en chanson.
- **Fais écrire** une dictée à un de tes parents en lui demandant d'introduire des fautes que tu corrigeras toi-même après.
- **En récitant** ta leçon, **imite** le maître ou la maîtresse dans sa façon de parler.
- **Lis** les emballages qui te tombent sous les yeux, ainsi que les modes d'emploi, les journaux, les recettes de cuisine en changeant de ton, de voix...

Un bulletin catastrophique !

Lulu découvre son bulletin : ses notes ont bien baissé ce trimestre ! Elle n'écoute pas assez en classe et comprend mal les leçons ! En plus, elle panique pour les contrôles. Avec ses parents, elle prend plusieurs décisions…

5/10
4/10

À LA SORTIE DE L'ÉCOLE.
Super, enfin les vacances ! Vous faites quoi, vous ?
Moi, je vais chez mes cousins. Je vais bien m'amuser !
Ben pas moi... Avec le bulletin que je ramène, je vais me faire tuer !
Tiens, justement, voilà ma mère...
Salut ma puce, ça va ?
Mouais...
T'en fais une tête ! T'es dégoûtée d'être en vacances, c'est ça ?
CLIC !
Tu parles ! Non, mais... Le problème, c'est mon bulletin...
Eh oui... On sait que tes notes ont baissé, ces temps-ci. Écoute, Lulu, pendant les vacances, on va parler tranquillement avec papa, d'accord ?
LE LENDEMAIN.
On a regardé ton bulletin, Lulu. En effet, ça ne va pas : à part en dessin, tes notes ont baissé partout !
Il faut qu'elles remontent...
Oui... Mais comment ?
Déjà, il faut comprendre ce qui se passe. Tu as une idée ?
Je ne sais pas... C'est surtout en maths... Depuis qu'on fait de la géométrie, je ne comprends plus rien !
Mais tu écoutes en classe ?
Heu... Je ne suis plus très motivée !

Je vois. Tu ne comprends plus, donc tu n'écoutes plus... Et tu n'écoutes plus, donc tu ne comprends plus.
Et dans les autres matières ?
Dans les autres matières, j'écoute... Mais le problème, c'est qu'à chaque contrôle, j'ai peur de rater...
Et du coup, tu réussis moins bien...
Hum, hum... Nous avons affaire à un cas classique : le découragement global !
Et c'est grave, docteur ?
Il faut prendre la situation au sérieux. Mais si vous suivez nos prescriptions, ça devrait s'arranger !
Alors... Vous ferez une cure de géométrie pendant ces vacances, à raison de 30 minutes par jour.
Oh, là, là !
Deuxièmement... Un changement de place en classe à la rentrée, pour éviter toute tentation de bavardage.
Oh non !
Si vous voulez vous soigner, il va falloir écouter le docteur !
Voilà, Mademoiselle. S'il n'y a pas d'amélioration, je vous prescrirai la suppression de l'ordinateur le soir... Mais bien sûr, nous n'en arriverons pas là...
Bien sûr que non ! Je vais suivre mon traitement sérieusement, Monsieur le docteur !

Et toi, ça t'est arrivé ?

J'ai eu de mauvaises notes parce que je bavardais tout le temps en classe. J'ai demandé à être tout seule à ma table, et, à l'autre trimestre, j'ai fait mieux.

Mathilde, 10 ans et demi

En discutant avec mes parents, je me suis rendu compte qu'il fallait que je me concentre plus quand j'apprends mes leçons.

Paul, 10 ans

L'année dernière,
j'ai eu quelques
mauvaises notes.
Alors, j'ai travaillé plus,
bien au calme,
dans ma chambre.

Étienne, 9 ans

Quand ma moyenne a baissé,
j'ai demandé à ma mère
de m'aider. Si on a un mauvais
bulletin, il ne faut surtout pas
baisser les bras !

Solène, 10 ans

Moi, je pense que quand
on a un mauvais bulletin,
il faut surtout essayer
de savoir la cause,
si c'est parce qu'on n'écoute
pas bien en classe ou qu'on
ne travaille pas assez chez soi.

Rémi, 8 ans et demi

Si tu es comme Lulu...

Et toi ? As-tu déjà eu un mauvais bulletin ? Comment as-tu réagi ? Qu'en penses-tu ?

Tu imagines le pire

Cette fois-ci, ton bulletin n'est pas terrible ! Tu es catastrophé(e)... Tu penses que tes parents vont te punir très durement... Tu imagines que tu vas terminer clochard(e) dans la rue à mendier pour te nourrir... Allez, du calme !

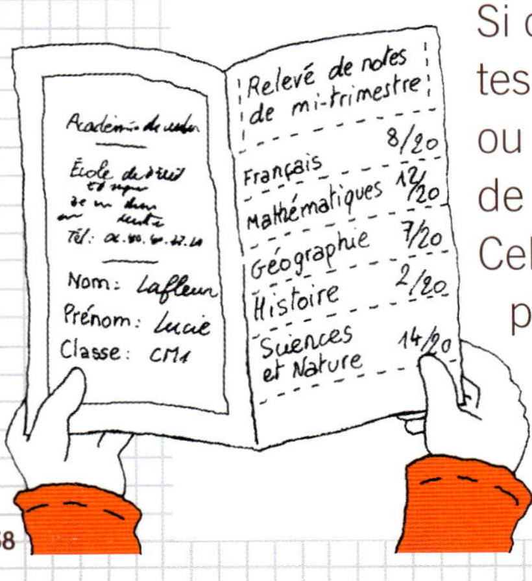

Fais le point...

Ton bulletin est-il vraiment si mauvais ? Si oui, de quelle manière ? Est-ce tes notes qui ne sont pas bonnes ou les appréciations du maître, de la maîtresse sur ton comportement ? Cela concerne-t-il une matière ou plusieurs ? Est-ce dans des matières similaires (par exemple maths et physique ou français et histoire-géographie) ?

… Dans la durée

Il est également important de te demander si c'est le premier mauvais bulletin ou si cela se répète. Sans oublier aussi de savoir si tu t'y attendais ou si cela représente une surprise, plutôt mauvaise pour toi !

Petite histoire des notations

Les notes n'ont pas toujours existé. Charlemagne a bien inventé l'école mais par contre, il n'avait pas pensé aux notes ! Ce sont les jésuites, au XVIe siècle, qui les ont introduites dans les classes. Les notes étaient un moyen de mesurer le travail en classe.

Plus tard, en 1822, en Suisse, les écoles, de Genève en particulier, distribuent des prix pour les meilleurs élèves. Ceux-ci donnaient droit à des points qui permettaient d'obtenir des objets : sifflets, couteaux et cravates pour les garçons ; dés à coudre, peignes pour les filles !

La notation de 0 à 20 est apparue, en 1890, en France.

Pas de panique !

Un mauvais bulletin, ça peut arriver ! L'important, c'est de comprendre pourquoi.

Le droit de se tromper

N'oublie jamais que tu es à l'école pour apprendre, tu as donc le droit de te tromper. Avoir des mauvaises notes, cela peut arriver. Car on ne progresse pas en ligne droite mais avec des à-coups. Faire des erreurs de parcours est normal. Il faut donc dédramatiser la situation !

Comprendre ce qui se passe

Si ton bulletin pose problème, par manque de travail ou comportement incorrect, il est important de savoir pourquoi. Si tu comprends les erreurs que tu as faites, tu sauras comment les corriger et ne pas recommencer.
Si tu traverses un moment difficile dans ta vie d'enfant, toutes tes forces et ton énergie sont mobilisées pour lutter contre cette situation angoissante, comme la séparation de tes parents, le décès d'un proche… Il faut alors en parler à quelqu'un en qui tu as confiance (médecin, oncle, tante, grands-parents…).

Plusieurs causes

Il peut y avoir des tas de raisons pour lesquelles ton bulletin n'est pas terrible :

- Tu n'as pas assez travaillé.
- Tu es dans une classe où il est mal vu d'avoir de bonnes notes.
- Tu as des soucis de compréhension.
- Tu es fâché(e) avec une matière.
- Tu as des problèmes de concentration.
- Tu n'écoutes pas car tu bavardes ou tu chahutes.
- Ton voisin t'empêche de bien suivre en classe.
- Tu es insolent(e), agité(e), ton comportement laisse à désirer.
- Tu as des soucis dans ta famille ou avec des proches (maladie, décès, séparation, chômage, déménagement…).
- Tu as des problèmes à l'école (violences à la récré, racket…).
- Tu es fatigué(e).
- Tu es anxieux(se), émotif(ve), tu perds tes moyens lors des contrôles.
- Tes parents exercent une trop grosse pression sur toi. Ils attendent beaucoup de toi.
- Tu te sers de l'école pour t'opposer à ta famille, attirer l'attention.
- Tes parents n'étaient pas de bons élèves, tu veux être comme eux et surtout ne pas les dépasser…

Petits trucs...
pour un bulletin réussi

Voici des propositions pour améliorer ta situation.

Quelques idées

Le plus important, c'est d'avoir envie d'apprendre!
Pour commencer, ce n'est pas la peine de dramatiser.
Ce n'est pas un mauvais bulletin qui va décider de ton avenir!
Regarde les matières qui fonctionnent, où tu as de bons résultats, cela t'encouragera.
Tu peux aussi essayer de réguler ton rythme de vie, c'est-à-dire te coucher plus tôt, manger plus équilibré, faire du sport régulièrement...
Tu as besoin aussi de détente, de jouer...
Ne travaille pas trop! Le mieux est également de rencontrer ton instituteur, ton institutrice pour discuter avec lui ou avec elle et voir ensemble ce que tu pourrais faire pour améliorer tes notes ou ton comportement.
N'hésite pas à te faire enseigner une méthode pour apprendre tes leçons.
Lis le chapitre sur les devoirs.
Fixe-toi des objectifs raisonnables.
Par exemple, si lors de la dernière dictée, tu as fait 20 fautes, dis-toi qu'à la prochaine tu en feras 10 de moins!

Regarde-toi souvent dans un miroir et dis-toi que tu n'es pas un enfant nul, ni bête… Aie confiance en toi, c'est important ! Tu as sûrement d'autres talents que dans le domaine scolaire : tu es bon en sport, doué en dessin, fin cuisinier, maçon en herbe… Ne te mets jamais d'étiquettes sur le dos et défends-toi si l'on t'en colle, ou si l'on te compare à tes frères ou sœurs qui ont de bonnes notes ! Par exemple, évite de te dire « moi, je suis nul en orthographe… », certes, tu as des difficultés mais tu vas progresser, c'est sûr. N'oublie pas de fêter tes bonnes notes ! Demande de l'aide à tes parents et, si vraiment cela ne s'améliore pas, à quelqu'un de proche en qui tu as confiance, pourquoi pas à ton médecin ou éventuellement à un psychologue…

Une vérité bonne à dire !

Quoi qu'il arrive, reste honnête avec toi-même et tes parents. Ne mens pas sur tes mauvais résultats et ne falsifie jamais tes notes. Tromper la confiance des autres et surtout des parents, ça peut être embêtant. Car si jamais ils s'en rendent compte, ils ne te croiront plus après. Prends ton courage à deux mains et dis-leur la vérité. N'hésite pas à leur exprimer ton inquiétude, c'est sûr, ils feront tout pour t'aider !

Le message secret de Tim

Pour découvrir ce que dit Tim, remets dans l'ordre les lettres de chaque mot.

À c'olelé, ec uqe ej rfepérè, t'sec al cérré !

Réponse : À l'école, ce que je préfère, c'est la récré !

Le cahier de Lulu

Lulu a des devoirs à faire. Aide-la à retrouver son cahier de texte ! Il est rouge, à spirales, avec une photo de coucher de soleil et le nom de son meilleur copain sur la couverture.

Réponse : 5

après l'école

LE MOT-MYSTÈRE

Pour savoir ce qui est écrit sur le bulletin de Lulu, remplis la grille en suivant les définitions.

a – Langue parlée en France
b – Moment où l'on s'amuse à l'école
c – Lieu où tu vas apprendre à lire et écrire
d – À faire en rentrant de l'école, le soir
e – Celles de l'été sont les plus longues
f – Tu en fais en chantant ou avec des instruments
g – Outil pour écrire
h – Matière autour des chiffres et des nombres
i – Se porte sur le dos
j – S'utilise avec un pinceau
k – Sert à effacer les traits de crayon
l – Il peut être gris, à papier ou de couleur
m – Œuvre d'art au crayon, feutre, peinture…

Réponse : Le Mot est Félicitations

RÉBUS

Déchiffre le rébus pour savoir ce que dit Lulu.

Réponse : « J'aime l'école car j'y retrouve tous les copains »

C'est la vie Lulu !
Florence Dutruc-Rosset • Marylise Morel
Bayard Poche
J'ai honte de ce que j'ai fait
Je déteste être timide
On se moque de
Des petits documentaires
Trois BD, des témoignages et plein d'infos pour gérer au mieux la situation !
© Marylise Morel

Des romans,
suivis de conseils malins,
pour mieux vivre les petits soucis
de la vie quotidienne.
C'est la vie Lulu!
J'ai le trac
Florence Dutruc-Rosset • Marylise Morel
C'est la vie Lulu!
Je suis rackettée
Bayard Poche
C'est la vie Lulu!
Je me fais toujours gronder
C'est la vie Lulu!
Je suis amoureuse !
bayard
Stéphanie Duval • Marylise Morel
C'est la vie Lulu! Doc.
L'école, c'est pas si facile !
Difficultés en classe
Mauvaises notes
Devoirs à la maison
Bayard Jeunesse
Stéphanie Duval • Marylise Morel
C'est la vie Lulu! Doc.
Ah ! Les garçons...
Sentiments
Émotions
Confidences
Bayard Jeunesse
Lulu est un personnage
du magazine
astrapi